KB233060

내 편이 되어 주는 말

삶은 말 한마디로 움직인다.

내 편이
되어 주는
말*

나가마쓰 시게히사 지음 박제이 옮김

오늘도 버티는 당신에게
위로가 되는 말들

크록

목차

제 2 장 ✛ **다스림의 말**

제 3 장 ÷ 기준의 말

제 4 장 ✛ **각오의 말**

제 5 장 ✛ 성장의 말

제 6 장 ✦ **인간관계의 말**

제 7 장 ✧ 호감의 말

제 8 장 ✛ 일의 말

제 9 장 ✛ 희망의 말

들어가며

살면서 혼란스럽거나 눈앞이 캄캄할 때, 마음을 다잡게 해주고 용기를 불어넣어 주는 한마디를 선물하고 싶었습니다. 그런 마음에서 이 책은 탄생했습니다.

우리는 살면서 세 번의 만남을 가지게 됩니다. 첫 번째는 누군가와의 만남입니다. 누구와 만나고 함께 하느냐에 따라 인생은 크게 달라집니다. 두 번째는 장소와의 만남입니다. 직장이나 커뮤니티, 사는 장소나 새로 방문한 곳에서 만난 무언가의 영향을 받아 내 안의 의식이 바뀌어 갑니다. 그리고 세 번째는 바로 말과의 만남입니다. 우리는 나, 혹은 누군가가 하는 말, TV나 인터넷에서 사용하는 말을 매일 접하며 살아가고 있습니다. 또한 우리는 한마디의 말에 크게 상처를 입기도 하고 큰 힘을 얻기도 합니다.

사람의 행동은 매 순간 마음에서 우러나옵니다. 그리고 그 마음의 대부분은 말로 이루어져 있습니다. 어떤 말과 함께 살아갈 것인가. 그것은 곧 어떤 마음 상태로 살아갈 것인

✕ ✕ ✕ ✕

가와 같은 질문입니다. 그렇게 생각했을 때, 삶은 말로 이루어진다고 해도 과언이 아니겠지요.

이 책 속에 실려있는 어떤 말이 조금이라도 여러분의 마음을 가볍게 만들거나 편하게 해 주거나, 때로는 마음속에 잠들어 있던 열정을 깨워줄 수 있다면 더없이 기쁘겠습니다. 또한 이 책은 어떤 페이지를 열어서 읽어도 괜찮도록 가능한 한 쓸데없는 말은 줄이고 술술 읽히는 데 중점을 두었습니다. 첫 페이지부터이든, 우연히 연 페이지부터이든, 혹은 목차를 보고 마음에 드는 곳부터이든 마음 가는 곳부터 읽어 주셔도 괜찮습니다.

부디 이 책이 여러분의 마음에 위안이 될 수 있기를 바랍니다.

제 1 장

✕

자신감의 말

상식의 바깥을 보라

001

상식이란,

그 시대에 수많은 사람이 생각하는

당연한 부분이다.

그리고 그 상식은 시대에 따라 변한다.

하지만 변해가는 시대 속에서도

늘 성공하는 사람이

비상식적이라는 말을 들어왔다는 사실은

절대로 변하지 않는다.

모든 일은 생각에서
시작된다

더 높은 곳에 올라가고 싶다고

생각한 사람은 사다리를 만들었다.

하늘을 날고 싶다고

생각한 사람은 비행기를 만들었다.

언젠가 반드시 꿈을 이루리라

생각한다면

그것을 이루기 위한 방법이 보이기 시작할 것이다.

현실이라 생각하라

나의 미래는 결심하고 각오한 순간

형태를 갖추기 시작한다.

뇌는 현실과 공상을 구별하지 못한다.

정말로 일어났든 단순한 상상이든

뇌는 그 이미지를 현실이라 인식한다.

그렇다면 과연 어떻게 미래를 그려 나가야 할까?

큰 인물의 조건

많은 사람들이 한다고 해서

그 일에 억지로 보조를 맞춰서는 안 된다.

퉁명스럽게 굴어도 좋으니 더욱 예민하게 반응하자.

많은 사람들에게

영문 모를 일만 한다는 말을

들을 정도면 된다.

그것이 장차 크게 될 사람의 조건이다.

꿈을 가질 수 없는 이유

흔히들 꿈은 없다고 생각한다.

꿈은 장대하고, 다른 사람에게

칭찬받을 만한 것이어야 한다는

믿음 때문이다.

하지만 꿈이란 꼭 크지 않아도,

엄청나지 않아도 괜찮다.

용기의 조건

내게 용기가 필요한 일은

다른 사람에게도 용기가 필요하다.

내게 부끄러운 일은

다른 사람에게도 부끄러운 일이다.

용감한 사람은

나보다 그 사실을 먼저 알았을 뿐이다.

그 말에 대해
어떤 선택을 할 것인가?

누군가가 내게 바보라고 했다 치자.

그렇다면 내게는 두 개의 선택지가 주어진다.

"그렇구나. 나는 바보구나."

"아니야. 나는 바보가 아니야. 당신이 뭘 잘 모르는 거야."

어느 선택을 하느냐에 따라 결과는 달라진다.

선택은 오직 내게 달렸다.

멋진 착각, 불행한 착각

성과를 내느냐 마느냐는

착각의 종류에 따라 결정된다.

"못 할 것 같아."

"실패할 것 같아."

이것을 불행한 착각이라고 부른다.

"할 수 있을 것 같아."

"틀림없이 잘 될 거야."

이것을 멋진 착각이라고 부른다.

어떤 착각을 하느냐에 따라

미래가 달라진다.

없는 것이 아니라
눈치채지 못한 것일 뿐

인간에게는

타인의 재능은 부러워하면서

자신의 재능은 깨닫지 못하는

희한한 습성이 있다.

그리고 왠지 모르지만 자기 자신의

결점만 보려 한다.

우리는 모두 고유의 재능을 가지고 있다.

그저 알아채지 못했을 뿐이다.

장점을 찾는 방법

대체로 성공의 씨앗은

다른 사람이 보면 깜짝 놀라지만

내게는 식은 죽 먹기와 같은 일 속에

숨어 있다.

일류의 사고방식

일, 연애, 취미, 혹은 어떤 일이든

시간이 가는 줄도 모르고

몰두한 적이 있는가?

이 물음에 그렇다고 대답한다면,

언젠가 반드시 성공할 수 있다.

그 이유는 무엇일까.

무언가에 푹 빠진 상태가 바로

성공한 사람의 상태이기 때문이다.

이를 경험한 사람은 이미

일류의 사고방식을 지녔다고 할 수 있다.

처음부터 100점을 노리지 마라

도전을 주저하는 가장 큰 원인은

처음부터 잘해야 한다는 생각이다.

설사 실패해서 비웃음거리가 된다 해도

거듭하다 보면 언젠가는 잘하게 된다.

일이든 취미생활이든

처음부터 잘할 수 있는 사람은 단 한 명도 없다.

사소한 성취를 쌓아 나가라

실력 발휘가 잘 안 될 때는 과감하게 목표를 낮춰서

사소한 성취감을 늘려보자.

"아, 해냈다!"

"이것도 해 냈어."

"야호, 이것도 성공!"

사소한 성취를 열심히 모으다 보면

행복은 어느새 코앞에 있다.

나라의 근간이 되는 사람들

열심히 일하는 사람들에게

이렇게 말해주고 싶다.

당신들이야말로 나라의 근간이라고 말이다.

규율을 중시하고 완벽을 추구하는 세심한 대응력.

끊임없이 세계 최고의 상품을 만들어내는 노동력.

소중한 사람을 위해 보이지 않는 곳에서

기반을 다지며 일하는

그런 마음 따뜻한 사람들이

더욱 자신감과 긍지를 가지길 진심으로 바란다.

우물 안 개구리의 가치

우물 안 개구리라는 말이 있다.

개구리의 세계는 우물이 전부이지만,

어찌 보면 개구리는 우물의 깊이와

하늘의 푸르름을 잘 아는 존재다.

세계 각지에서 다양한 경험을 하는 것도

분명 멋진 일이다.

하지만 자신이 자라온 환경을 사랑하고

깊이 바라보며 잘 알고 있는 사람 역시

그에 못지않게 멋지다.

대등하게 마주하라

동경하는 사람이나 성공한 사람 앞에서

고개 숙이지 마라.

진정한 능력자는

당당하게 다가오는 사람의 배포와

자신감을 금세 꿰뚫어 볼 테니까.

삶을 바라보는 시선

눈에는 한 사람의 가치가 담겨 있다.

눈가에 힘을 주자.

이것이 습관이 되면

표정은 저절로 단단해질 것이다.

선연한 눈빛, 그리고

굳은 심지를 품고 살아가자.

행복은 어디에 있는가?

사람이 의욕을 끌어올리는

원동력 중 하나는

바로 획득이다.

꿈, 돈, 연애, 이상,

무엇이든 상관없다.

사실 사람은 무언가를 쫓을 때가

가장 행복한 법이다.

내가 나아가야 할 길

길은 열린다.

더욱 정확히 말하자면 길이라면 열린다.

본디 내가 나아가야 할 길이라면

처음부터 물 흐르듯 잘 풀리게 마련이다.

마치 보이지 않는 힘에 이끌리기라도 하듯.

제 2 장

✕

다스림의 말

자신을 희생하지 마라

자신을 생각하는 것은 나쁜 일이 아니다.

자신만을 생각하는 것이 나쁜 일이다.

제 2 장 다스림의 말

나 자신부터 안정시키기

내가 불안해하면

주변 사람들에게 괜한 걱정과 심려를 끼치게 된다.

그렇게 생각한다면 행복한 삶은

권리가 아닌 의무다.

늘 평온한 상태를 유지하도록 하자.

주변 사람을 위해서라도

우선은 나를 다스리는 일이 가장 소중하다.

의무에서 벗어나라

부담 없이 살아가기 위해서는

내 안의 쓸데없는 생각,

즉 내 안에 있는 의무와 상식이

빚어낸 스트레스를 내려놓아야 한다.

나를 옥죄는 불필요한 짐을 내려놓는다면

필요한 것만이 눈에 들어오게 된다.

그 안도감이 마음의 정리정돈으로 이어지는 법이다.

혼자 할 수 있는 일부터 해보자

기분 전환을 하고 싶다면

나 혼자 할 수 있는 일을 찾아보도록 하자.

예쁜 카페 가기나 영화 보기는

혼자서도 얼마든지 할 수 있다.

다른 사람과 함께라면 상대방의 반응에 따라

나의 행복과 불행이 좌지우지되고 만다.

누군가의 행동으로 행복해질 수 있다는 생각은

어찌 보면 도박과 다름없다.

"고민될 때는 그냥 해."는 잘못의 원천

내키지 않는 술자리나 파티,

골프 모임에 초대받을 때가 있다.

내 진짜 속내는 연락을 받은 순간

느껴지는 감각으로 어느 정도 알 수 있다.

하고 싶은 일과 해야 할 일을

확실히 따져본 뒤 결정하는 습관을 들이자.

"고민될 때는 그냥 해."가 아니라

"고민이 되면 일단 멈춰."가 맞다.

다른 사람과 비교하지 마라

SNS는 마음의 평정심을 잃게 만들기도 한다.

누군가 올린 글을 보고 마음이 심란하다면

잠시 SNS를 멀리하는 건 어떨까?

남의 일에 신경을 쓰지 말고

내 기분을 좋게 하는 일에 집중해 보자.

중요한 점은

주변 사람과 자신을 비교하는 일이 아니라

내가 기분 좋게 살아가는 일이다.

응원해 주는 사람을 곁에 두자

나를 인정해 주는 사람을 곁에 두도록 하자.

주저앉았을 때 나를 알아주고

힘을 북돋아 주는 사람은 무척 귀중한 존재다.

그런 사람을 곁에 두는 것은

나약한 일도, 나쁜 일도 아니다.

이러한 일에 거부감이 느껴지는 사람은

자기 자신에게 다소 엄격할지도 모른다.

거만한 사람

거만하다는 말은 요컨대

자신 없음을 스스로 증명하는 꼴이다.

애초에 자신이 힘 있는 위치에 있을 때

거만하게 구는 것과 다정하게 대하는 것 중

어느 쪽이 이득인지를 전혀 모르는 사람이다.

거만한 사람은 바보라고

생각하고 넘어가면 된다.

뒷담화하는 사람

다른 사람이 자기 뒷담화를 한다는 사실을 알았을 때

위축되지 않을 사람은 없다.

그리고 만약 내게 누군가의

험담만 늘어놓는 사람이 있다면

그 사람은 백이면 백 내가 없는 곳에서

나를 욕할 것이다.

주변 사람이 절대 내 뒷담화를 할 리 없다고 확신할 때,

사람은 자신의 능력을 마음껏 펼칠 수 있다.

어느 쪽이든 뒷담화하는 사람과

가까이해서 좋을 일은 없다.

유유상종

유유상종이란 말이 있다.

얄미운 사람은 얄미운 사람끼리 어울리기 마련이다.

타인의 불행을 즐기는 사람이나

숨 쉬듯 다른 사람 욕만 하는 사람이

나를 좋아한다면

나 또한 똑같은 부류라는 뜻이다.

얄미운 사람에게 미움받는 일은

내가 그런 사람과는 다르다는 증거다.

내가 좋은 사람이라 얼마나 다행인가.

상대방은 상관하지 않는다

싫어하는 사람 때문에 짜증이 나 잠을 설칠 때도 있다.

하지만 내가 괴로움에 몸부림치며

잠들지 못하는 바로 그 시간,

그 사람은 코를 골며 단잠에 빠져 있다.

그런 사람 때문에 내 인생의 귀중한 시간을

안 좋은 기분으로 보낸다면

너무나 아깝지 않은가?

힘을 빼라

초조해하거나 고민하느라 힘을 다 빼 버리면

좋은 아이디어가 솟아날 수 없다.

그럴 때는 일단 내려놓고

느긋하게 반신욕이라도 하는 게 최고다.

몸과 마음의 힘을 빼면 어느 순간

굉장한 아이디어가 튀어나오곤 한다.

최고의 퍼포먼스는

기합을 넣었을 때 발휘되지 않는다.

힘을 주었다가 적당히 힘을 뺐을 때 나오는 법이다.

내가 잘 못하는 일은
누군가는 잘하는 일

잘 못하는 일까지 굳이 끌어안을 필요는 없다.

주변에 있는 잘하는 사람에게 넘기면 된다.

억지로 하려 하면

오히려 그 사람이 활약할 무대를

빼앗아 버리는 셈이 된다.

다른 사람은 잘 못하지만

나는 잘하는 일을 열심히 하면 된다.

일어날 일은 일어난다

파란波瀾을 기본값으로 설정하라.

그러면 거의 모든 일이

예상했던 일처럼 느껴진다.

그렇다면 아무것도 두렵지 않은 법이다.

포기하고 싶을 때

사람은 누구나 불행한 일이 일어났을 때

끝장이라고 생각하기 마련이다.

그러나 사실 이는 이야기의 끝이 아니라

새로운 시작이다.

진정한 성장은 언제나

소중한 사람과의 이별,

인정하고 싶지 않은 실패,

그리고 지금 가슴속에 있는

거부감과 같은 시련에서 시작된다.

억지로 긍정적일 필요 없다

괴로울 때는 억지로 웃으려 하지 말고

있는 힘껏 슬퍼하라.

눈물을 흘려도 좋다.

언젠가 상처가 아물고 마음이 회복될 때가 온다.

그때 긍정적으로 시작하면 된다.

마음이 다쳤을 때 억지로 긍정적으로 생각하려

애쓸 필요는 없다.

고민이 있기에
강해질 수 있는 법

고민이 있는가?

고민이 많다는 건

그만큼 좋은 점을 발견할

기회가 많다는 뜻이다.

팔 굽혀 펴기를 하면 근력이 강해지듯

나쁜 점을 좋은 점으로 받아들이는 훈련을 하면 할수록

마음이 단단해진다.

열심히 고민했다는 말은

그만큼 마음 훈련이 되었다는 뜻이다.

그리고 고민의 개수만큼 누군가에게

도움을 줄 수 있을 것이다.

미래를 깊이 고민하지 마라

미래를 치밀하게 계획해서

나아가려는 사람에게 전하고 싶은 한마디가 있다.

앞으로 어떻게 되고 싶은지

그렇게 열심히 생각지 않아도 된다.

미래는 다양한 상황 속에서 바뀌는 법이니까.

때는 온다

시간을 신경 쓰지 말고 할 수 있는 일을 열심히 하라.

그러다 보면 어느샌가 알아서 일이 잘 풀릴 때가 온다.

억지로 무언가를 손에 넣으려 하지 않아도

행운은 저절로 굴러들어 오게 될 것이다.

그러니 안달할 필요 없다.

지금 할 수 있는 일을 열심히 하면 된다.

때가 되면 길은 알아서 열린다.

불안은 현실이 되지 않는다

아무리 원해도

정점에 서는 사람은 소수에 불과하듯

불안해하거나 두려워하는 일은

거의 100퍼센트의 확률로 일어나지 않는다.

마음을 다스릴 수 있는
마법 같은 말

다스리기

040

당신에게 일어나는 모든 일은

인생을 빛내기 위한 엔터테인먼트다.

제 3 장

✕

기준의 말

줏대,
부릴 것인가 세울 것인가

줏대 있다는 말이 유행이다.

하지만 어떤가.

가령 누군가 내게 "줏대가 있네요."라고 한다면

왠지 모르게 마음에 걸린다.

그것은 "성격이 제멋대로네요."라는 소리처럼

들리기 때문이다.

줏대를 부리는 것과

줏대를 세우는 것은 표현은 비슷하지만,

의미는 완전히 다르다.

그래서 나는 줏대를 세운다고 말하기로 했다.

행동의 기준 세우기

기준을 세우며 사는 사람은 결단이 빠르고 깔끔하다.

이를 가리켜 결단력이나 행동력이 있다고

말하지만 실은 그렇지 않다.

이런 상황에서는 이렇게 할 거라고

미리 정해 두었기에

빨리, 그리고 물 흐르듯 움직일 수 있었을 뿐이다.

결단의 기준

대부분의 사람이 옳다고 하니까

따르거나 혹은 반대하지 말자.

내가 나아갈 길은 주변이 아니라

내가 세운 기준에 따라 결단하자.

주변의 정답을 의식하지 마라

"어떻게 하고 싶어?"

"하고 싶은 일이 뭐야?"

주변 사람의 물음에

곧바로 대답할 수 없는 이유는

진심이 아니기 때문이다.

이럴 때는 이렇게 대답해야겠다고

생각해 둔 답일 뿐이다.

그럴 때는 어떻게 할까?

정말로 꼴사나운 모습은 패배 그 자체가 아니라

지고 나서 밀려드는 분한 감정에서 도망치는 것이다.

너는 너, 나는 나

그 사람은 그 사람 사정에 따라 움직인다.

그러니 나도 내 사정에 맞게 움직이면 된다.

억지로 계속 맞추려 들면 내가 먼저 부러지고 만다.

주인공으로 살아가라

어떤 역할이든 자신의 위치에 자부심을 가지고

내 의지에 따라 완벽히 소화하자.

이것이 내 인생의 주인공이 되는 법이다.

좋은 주인공 주변에는 좋은 조연이 모여들기 마련이다.

"대단해."라는 말에
현혹되지 말자

요트를 가지고 있다니 대단해.

SNS 팔로워가 많으니 대단해.

더욱 유명해져서 대단하다는 말을 듣고 싶어.

하지만 이 대단하다는 말에

너무 큰 가치를 두지 마라.

그 세계는 경쟁의 지옥이다.

설사 그 대단하다는 말을 얻었더라도

기분 좋은 시기는 처음 잠깐일 뿐,

인생을 걸 정도로 대단하지는 않다.

작은 일에 마음을 쓰자

어떤 큰 일을 할 때는

남들이 싫어할 만한 일을 하기도 한다.

그보다는 작은 일을 위해서

얼마나 최선을 다할 수 있는지를 중요하게 여겨야 한다.

멋진 존재감

멋이 필요한 사람은 리더뿐만은 아니다.

부하도, 후배도 그 나름의 멋을 가지고 있다.

잘 되는 사람은 어떤 위치에 있더라도

그 자리에서 자신의 역할을 철저히 수행한다.

그래서 빛나는 것이다.

계속 성공하는
사람의 공통점

진정한 의미에서 계속 성공하는 사람들에게는

공통점이 있다.

일단 무언가를 주기 좋아하는 사람이라는 점이다.

이런 사람들은 무턱대고 성공을 좇기보다

언제나 타인을 기쁘게 하는 일을 즐기면서 살아간다.

다짐하는 순간

사람은 소중한 사람의 미소를 위해서라면

나를 위한 일을 억누르는 힘이

끝없이 솟아오르는 법이다.

"왜?"를 추구하라

왜 일하는가?

왜 이 일을 하는가?

"왜"는 사람이 움직이기 위한

동기를 부여한다.

지금 눈앞의 일이 가진 의미가 보일 때

사람은 비로소 본인의 의지로 움직이기 시작하는 법이다.

부와 명예를
부정하지 마라

부와 명예를 부정하는 사람이 적지 않다.

하지만 이를 거머쥔 사람은

절대 부정하지 않는다.

왜일까?

부와 명예가 행복을 가져다줄

확률이 높다는 사실을

세상의 이치를 통해 깨달았기 때문이다.

부와 명예는 잘못이 없다.

그것을 어떻게 쓰느냐가 문제다.

천재의 조건

천재라는 말은

재능으로 다른 사람에게 도움이 되라며

하늘이 준 선물이라는 뜻이다.

중요한 위치에 올라가도 변하지 않는 사람들은

이 사실을 잘 알고 있다.

그래서 잘난 체하지 않고 모두에게 다정한 것이다.

나라는 벗나무

어느 산 정상에는

수많은 사람이 한 그루의 벗나무를 보기 위해 찾아든다.

이름을 알리기 위해

억지로 몸소 나서지 않아도

이 벗나무처럼

사람들이 일부러 만나러 오는 사람,

그런 매력적인 사람이 되자.

반성과 후회

반성은 많이 해도 된다.

하지만 후회는 하지 마라.

반성 없이 후회만 하는 삶.

절대 그런 삶만은 살지 말기를.

제 4 장

✕

각오의 말

포기하고 싶어질 때

무언가를 얻기 위해서는

포기하지 않는 마음가짐이 중요하다.

포기는 맨 마지막으로 미뤄두자.

왜냐고?

그게 제일 쉬운 일이니까.

결정적 순간에 강해지자

살다 보면 반드시 결정적 순간이 찾아온다.

평소에 아무리 잘 대비했더라도

이 결정적 순간을 놓치는 사람에게는 실망하기 마련이다.

반대로 평소에는 눈에 띄지 않지만

결정적 순간에 활약하여 다른 사람을

깜짝 놀라게 하는 사람도 있다.

항상 생각해 두자.

항상 준비해 두자.

준비만 해 두면 그 후에는 약간 긴장을 풀어도 괜찮다.

만일의 경우에는
언제든지

소중한 친구가 도움을 요청할 때.

병에 걸렸을 때.

주변 사람들이 떠나갈 때.

그럴 때가 바로 발 벗고 나서야 할 때가 아니겠는가?

"소중한 사람이 기로에 서 있을 때는

만사 제치고라도 반드시 달려간다."

내 사전에

반드시 적혀 있어야 할 말이다.

얕보이지 마라

안타깝게도 살다 보면

듣기 싫은 소리를 하는 사람을 만날 때도 있다.

그럴 때 가끔은 반박하자.

웃고 넘기려 하면

위에서 더욱 짓누르려 한다.

차라리 한 번이라도 물어뜯으면

두 번 다시 만만하게 보지 않는다.

얕보이는 사람들에게 이런 말로 응원해 주고 싶다.

딱 한 번이면 된다.

오른뺨을 맞았다면 세 배로 갚아주어라.

일방미인

사람의 이미지란 참 신기하다.

모두에게 사랑받으려 하면

욕심부린다며 싫어한다.

오히려 철저하게 정해진 사람들만

좋아하는 사람에게

높은 점수를 주곤 한다.

쓸데없이 모든 사람에게 잘해 줄 필요 없다.

내 미소는 소중한 사람에게만 계속 보여 주면 된다.

그러면 강력한 내 편이 생길 것이다.

묵묵히 내 갈 길을 가라

사람은 저마다 살아가는 길이 다르다.

내게는 나만의 길이 있다.

다른 사람의 이야기를 듣고 부러워하지 말고

묵묵히 자신의 길을 걸어라.

그러면 언젠가 반드시 정상에 다다른다.

그리고 그곳에는

내가 만나고 싶었던 사람이 많이 있다.

정상은 좁으니 금세 만날 수 있다.

이를 악물어서라도

때로는 오기로 버텨야 할 때가 있다.

그럴 때는 이를 악물어서라도 참아야 한다.

폼 잡지 말라는 말이 아니다.

폼이라도 잡아야 한다는 뜻이다.

돈에서 도망치지 마라

돈에 매달리다 보면 주변에 아무도 남지 않게 된다.

그러나 반대로 아무리 애정이 넘쳐도

먹고 살 만큼의 돈을 벌어야 하는 책임을 외면한다면

이 또한 결과적으로 사람들이 떠나간다.

우선은 열심히 돈을 벌자.

힘이 없으면 소중한 사람을 지킬 수 없다.

상처를 두려워하지 마라

상처를 지나치게 두려워 한 나머지 은근슬쩍 피하거나

과도하게 상대방에게 양보하는

안이한 방법을 쓰고 있지는 않은가?

만약 그렇다면

그것은 상대방과 마주하는 일뿐 아니라

자신의 인생에서도 도망치고 있는 셈이다.

자유롭기 위해서

사회나 타인에게 폐만 끼치지 않는다면

마음대로 살아도 된다.

인생은 스스로 책임진다는 각오만 되어 있다면

지금 당장이라도 자유로워질 수 있다.

성공하는 팀

"모두 힘을 합쳐 열심히 하자!"

이런 외침은 언뜻 아름다운 광경으로 보인다.

그러나 그렇게 해서 잘 되는 경우는

각자가 독립된 존재일 때 뿐이다.

만약 서로에게 의존만 하는 집단이라면

절대로 잘 굴러가지 않는다.

내 힘으로 해 내겠다는 각오가 중요하다.

그것이 성공하는 팀의 일원이 되는 조건이다.

손해가 득이다

약간의 손해를 보더라도 이치에 맞게 행동해야 한다.

마지막에는 이런 사람이 이기게 되어 있다.

세상이라는 것

할 수 있는 일을 온 힘을 다해

해 내는 사람을 못 본 체할 정도로

세상은 박하지 않다.

그리고 사람은

다른 사람의 도움은 필요 없다며

부단히 애쓰는 사람을 보면

힘을 보태고 싶어지는 법이다.

그러니 혼자 힘으로 노력해 보자.

그 힘이 있어야만 비로소 주변이 움직이는 법이다.

눈앞에서 어려움이
사라지는 사람

어려움은 도망치는 사람을 무척 좋아한다.

반대로 맞서는 사람은 정말 싫어한다.

눈앞에 펼쳐진 파란만장함을

즐기다 보면

어려움은 슬그머니 꼬리를 감춘다.

다정함을 참지 마라

괴롭힘당하는 사람을 보고도 못 본 체했다.

전철에서 힘들어하는 사람에게 자리를 양보하지 않았다.

실은 도와주고 싶었는데

혼자만 착한 사람이 되기 싫어서 먼저 집에 갔다.

사람은 자신 안의 다정함을 표출하지 못하면 상처받는다.

곤란한 사람이 보이면 도와주자.

망설일 필요는 없다.

주변 사람의 눈을 의식해서

참을 필요도 전혀 없다.

떠날 때의 미학

매력적인 사람은 뒷모습도 아름다운 법이다.

언제까지 있을 거냐고

생각하는 사람은 아무도 없다.

그들은 필요한 부분까지 확실히 해 낸 뒤

주변의 행복을 지켜본다.

그러다 보면 어느샌가 사라지고 없다.

마치 처음부터 그 자리에 없었다는 듯.

몇 개를 가질 수 있는가?

다른 사람을 받아들일 각오.

할 말은 하는 각오.

소중한 사람이 잘못된 길로 가고 있을 때

제대로 막을 수 있는 각오.

자립할 각오.

돈을 착실히 벌 각오.

사람을 믿을 각오.

그리고 소중한 사람을 지켜갈 각오.

각오한 숫자만큼

당신의 인생은 더욱 빛이 날 것이다.

제 4 장   각오의 말

각오를 다져라

각오
+
+
+
(075)
+
+
+

결국 각오를 다진 사람이 가장 강한 법이다.

사명의 사용법

당신에게는 소중한 누군가가 있는가?

그 사람은 웃고 있는가?

그 사람을 행복하게 해 주기 위해

당신은 어떻게 살고 있는가?

제 5 장

✕

성장의 말

상식을 의심하라

당연하다고 생각해 온 일을 다시 한번 곱씹어 보라.

내 안의 혁신은 여기서부터 시작된다.

당연하다고 생각했던 일을 의심하다 보면

세상이나 부모에게서 주입된

편견이나 상식에 묶여 있는 자신을 깨닫게 될 것이다.

성공하는 사람의 상식은 평범한 사람의 비상식이다.

상식 밖의 세상에 온 것을 환영한다.

성장의 방법

곰곰이 생각해 보면 우리의 행동은 마음이 지휘한다.

이는 곧 마음이라는 지휘관을 확실히 훈련시킨다면

행동도 필연적으로 갈고 닦인다는 말이다.

날아가는 공 하나하나에 집착하기보다는

공 발사대에 있는 지휘관부터 단련시킨다면

반드시 좋은 결과를 얻을 수 있을 것이다.

타석에 서라

출루할 기회는

타석에 선 사람에게만 주어진다.

"헛스윙 해도 좋으니

한 번이라도 더 많이 타석에 서자."

이러한 용기가

더욱 빛나는 미래로 이끌어 줄 것이다.

행운은 타석에 선 횟수에 비례하는 법이다.

두 무리

누군가를 행복하게 해 주겠다고 생각하는 사람 주변에는

마찬가지로 누군가를 행복하게 해 주겠다는

목표를 세운 사람들이 모여든다.

이러한 동료들은 내가 위기에 빠졌을 때 도와준다.

나만 행복하면 그만이라고 생각한다면

그 주변에는 똑같은 생각을 하는

사람들이 모여든다.

이들은 내가 위기에 처해도

자기 행복만을 우선시한다.

당신은 어디에 속하고 싶은가?

실패한 사람은

늘 머릿속으로 안 풀리는 이유를 찾아 헤맨다.

성공한 사람은

늘 머릿속으로 성공할 방법을 찾아 헤맨다.

객관적인 시선을 유지하라

자기 위치를 보지 못 하는 사람은 어린아이다.

자신을 돌아보지 않고

다른 사람만 비판하는 사람도 어린아이다.

오롯이 제 힘으로 서 있는 사람은

쓸데없이 노력하는 사람을 평가하지 않는다.

그럴 시간에

자신을 성장시키기 위해 애쓴다.

남 탓은 그만두자

"내가 출세 못하는 이유는 상사 탓이다."

"기획이 성공하지 못한 이유는

예산을 주지 않은 회계 부서 탓이다."

"취직을 못 하는 것은 사회 탓이다."

이렇듯 남 탓하는 병에

걸린 사람은 많다.

그 순간은 편할지 몰라도

남 탓하는 습관을 버리지 못한다면

절대로 진정한 성공과 행복은 찾아오지 않는다.

전하는 사람의 자격

우리는 결과를 보여 준 사람의 말에 귀를 기울인다.

그러므로 결과를 두려워해서는 안 된다.

결과도 없이 다른 사람에게

무언가를 전하려 해봤자 소용없다.

세상은 그렇게 만만한 곳이 아니다.

결과가 다는 아니지만

결과는 반드시 필요하다.

모든 것은
지금의 내게 딱 맞는 것

지금의 내게는

내 수준에 맞는 일만 일어난다.

이를 내가 아닌 주변 사람 탓으로만 계속 돌린다면

스스로 깨닫기 전까지 똑같은 일이 반복된다.

싫은 사람에게서 안 좋은 소리만 계속 듣는다.

그게 싫다면 하루라도 빨리 내 수준을 높이도록 하자.

그 입장이 되어야
비로소 깨닫는 것

정말로 도움이 되거나 성장하게 해 주는 말은

때로는 내키지 않는 말일 수도 있고

뼈아픈 말일 수도 있다.

그리고 당시에는 모르지만

나중에야 그 말의 뜻을

깨닫게 되는 법이다.

상사가 되거나, 부모가 되거나, 창업해서 사장이 되거나.

사람은 직접 경험했을 때 비로소

말해 준 사람의 애정을 깨닫는 법이다.

마음이 무너져도 괜찮다

중요한 것은

무너지지 않는 마음을 만드는 일이 아니라

무너져도 곧장 다시 일어서기까지의

속도를 올리는 일이다.

어차피 할 거라면

어차피 할 거라면

그 분야의 최고점을 목표로 삼아라.

"어떻게 하면 그 누구에게도

뒤지지 않을 최고의 요리사가 될까?"

"최고의 서비스직 직원이라면 어떻게 일을 할까?"

언제나 자신에게 그런 물음을 던지면서 일해야 한다.

그런 마음으로 일하는 사람은

언제까지고 제자리에 머물지는 않을 것이다.

어서 성공하라

사회에 나오면 대부분 밑바닥에서 시작한다.

아래에서부터 실적을 내고 경쟁에서 승리해

위치가 올라가고 나면

비로소 하고 싶은 일을 할 수 있다.

그러므로 젊을 때는 하고 싶은 일을 말하기 전에

요구받은 일을 온 힘을 다해 해치우는 편이 현명하다.

변화하지 않으려면
계속 바뀌어라

누구나 가능하다면 지금에 안주하고 싶어 한다.

그러나 안타깝게도 시대도, 일도, 인간관계도, 인생도

개인의 바람 따위는 아랑곳없이 변화를 거듭한다.

그 속에서 성공을 이어가려면

상황에 맞춰 변화할 용기가 필요하다.

변화가 진정한 안정을 만들어내는 법이다.

다른 생각을 부정하지 마라

늘 성장하는 사람은 자기 생각을 고집하지 않는다.

가령 자기 생각과 다른 사람이나 이론을 만났다면

"하지만"이나 "아니야"라는 말을

일단 옆에 제쳐두고

"그렇구나. 그런 생각도 있구나.

새로운 시각을 배웠네."

하고 받아들이자.

이렇듯 상대의 가치관을 긍정할 수 있는 사람에게는

더욱 유익한 정보가 모여들기 마련이다.

롤모델의 영향력

어떤 사람에게 영향을 받았는가는

그 사람의 일생을 결정하는 중요한 요인이다.

인간은 영향력이 큰 존재에게 이끌리고 물든다.

즉 동경의 대상을 찾아

그 사람 곁에 있으려 하면

영향을 받아서 점점 성장할 수 있다는 말이다.

억지 주문

편하게 성공하는 방법은 쉽게 발견되지 않는다.

애초에 그런 방법이 있다면

진작에 표준화되었을 테니까.

정말로 이대로 괜찮은가?

"지금 이대로도 괜찮아."

"지금이 딱 좋아."

이런 말을 들으면 안심이 된다.

그러나 애초에 지금 이대로가 괜찮지 않기에

배우고 있는 게 아닐까?

나중에 편해지기 위해서

"싫으면 도망치면 돼."

"고생해 봤자 소용없어."

이런 그럴 듯한 말대로 행동해서 성공한 사람을

별로 본 적이 없다.

성장에는 위험과 고통이 따르게 마련이다.

이 말은 피할 수 없는

진리인 것 같다.

늘 편한 것만 선택해 익숙해지면

훗날 힘들어 할 사람은

다름 아닌 자기 자신이다.

나 자신과 마주하기

자기 자신과 마주하는 일은 무척 큰 용기가 필요하다.

한심하고 우유부단한 내 모습에

심한 충격을 받을지도 모른다.

하지만 역사 속에서 그러한 과정 없이

영웅이 된 사람은 단 한 명도 없었다.

기회를 찾는 법

진정한 지름길은 우회라는 이름으로 나타난다.

진정한 기회는 위기라는 이름으로 나타난다.

이성보다는 감성

성공과 실패는 종이 한 장 차이다.

이성이 아닌 감성의 차이에 따라 결정된다.

성공의 이유

결국은 좋아하는 마음이 최고,

좋아하는 마음이 최강.

제 6 장

✕

인간관계의 말

모두에게 사랑받지
않아도 된다

신조차

모든 사람에게 사랑받을 수는 없다.

아무리 인기가 많은 연예인이라도

싫어하는 사람은 반드시 있다.

이처럼 모두에게 사랑받는 일은 신을 초월한 일이다.

신이나 인기 연예인도 하지 못하는 일에

죽기 살기로 매달리지 말자.

이론보다는 감정

언뜻 규칙이나 이론에 따라 움직이는 듯 보이는

세상 일 대부분은

실은 감정에 기반하여 움직인다.

일이든 인간관계든 커뮤니티든

호불호가 결과에 크게 영향을 미친다.

잘 나가는 사람은 감정의 달인이다.

상대방을 바꾸려 하지 마라

부하가 내 뜻대로 움직이지 않는다.

아무리 시간이 지나도 배우자가 결점을 고치지 않는다.

아이가 공부를 안 한다.

안타깝지만 아무리 고민한들 상대는 바뀌지 않는다.

누군가를 바꾸는 일은

달리지 않는 말을 억지로 달리게 하려 애쓰는 일과 같다.

누군가 억지로 나를 바꾸려 하면 싫듯,

상대방도 마찬가지다.

너무 깊이 관여하지 마라

가령 좋아하는 사람을 기쁘게 해 주려고

열과 성을 다했다고 치자.

내 할 일은 여기까지다.

그에 대해 기뻐할지 말지는

상대방의 영역이다.

그러므로 왜 기뻐하지 않는지

걱정할 필요는 없다.

손쓸 수 없는 상대방의 영역까지

고민할 필요가 없는 일이다.

대상을 구별해도 좋다

소중한 시간을 누구를 위해 쓸 것인가?

누구의 이야기를 듣고 누구의 편을 들 것인가?

그것을 판단하는 일은 나쁜 일이 아니다.

나의 시간은 유한하니까.

베푼만큼 받는 방법

베풀어도 보답하지 않는 사람에게 집착하지 마라.

그렇게 계속 에너지를 쏟다가는

나만 고갈되고 만다.

호의를 돌려받지 못했다면

그것은 보답받지 못한 것이 아니라

그저 내가 베풀어야 할 상대를 잘못 골랐을 뿐이다.

조금 더 욕심부리자

자기 몫을 잘 챙기지 못하는 사람은

생각지도 못한 곳에서 기회를 놓치고 만다.

"나 같은 사람이 어떻게…."

이런 말버릇은 고치도록 하자.

이는 겸손의 말이 아니라

상대방의 호의를 무시하는 오만한 말이라고 생각하자.

누군가 내민 손을 바로 붙잡으려면

"나는 그래도 되는 사람이다."라고

미리 자기 자신을 설득해 두어야 한다.

배포를 파악하는 순간

기존 조직에 신입이 들어왔을 때

어떻게 대하는가로 그 사람의 배포를 가늠할 수 있다.

자신이 없는 사람은

자기 자리를 사수하려 한다.

하지만 배포가 큰 사람은 신입을 소중히 여긴다.

나중에 들어 온 사람을 받아들이는 방법,

그리고 배포가 중요한 법이다.

유쾌함을 선사하라

사람은 누구나 자신의 유쾌함을 추구한다.

더욱 간단히 말하자면 인간은 유쾌함으로 움직인다.

물건, 돈과 같은 물질적인 것.

안정감, 사랑, 자기긍정감과 같은 정신적인 것.

나는 상대방에게 어떤 유쾌함을 줄 수 있는가?

내가 할 수 있는 세 가지

지금 당장 내가 할 수 있는 일은 세 가지다.

첫 번째는 미소 짓는 일.

두 번째는 상대방의 말에 흥미를 보이며 경청하는 일.

그리고 세 번째는 상대방을 배려하며

따뜻한 말 한마디를 건네는 일이다.

인맥은 좁은 게 더 낫다

아는 사람이 많을수록 좋다고

맹신하고 있지는 않는가?

실은 인맥은 좁으면 좁을수록 일이 잘 풀린다.

다만 여기에는 조건이 있다.

그냥 좁기만 해서는 안 된다.

아는 사람과의 인연이

한없이 깊어야 한다는 조건이 있다.

찬성해 주는 사람을
소중히 여기자

2·6·2 법칙이라는 것이 있다.

어떤 일을 하려고 할 때

20퍼센트는 찬성, 60퍼센트는 중립,

나머지 20퍼센트는 반대로 나뉜다는 법칙이다.

다만 가운데 있는 60퍼센트는

목소리가 큰 20퍼센트에 끌려다닌다.

즉 내 의견에 찬성해 주는 사람을

소중히 여긴다면

결과적으로 내 편이 늘어나게 된다.

반대하는 20퍼센트에 시간을 쓰는 일은 효율적이지 않다.

기준을 지녀라

다른 사람에게 하지 말아야 할 행동을 정하고

반드시 지킨다.

자기 자신뿐 아니라

다른 사람을 대하는 나만의 기준을 가지는 일은

무척 중요하다.

그것이 있느냐 없느냐로 주변 사람들이

나를 대하는 자세도 달라진다.

내 기준이 확고한 사람은

다른 사람을 대하는 태도에 대한 기준도 잘 세우게 된다.

좋아하는 일로
삶의 순간을 가득 메우자

싫어하는 사람에게 할애하는 시간을

줄이는 해결책은 단 하나.

좋아하는 사람이나 좋아하는 일에 쓰는 시간을

지금보다 훨씬 많이 늘리는 일이다.

그 시간을 늘리면

필연적으로 싫어하는 상대방과 지내야 하는 시간도,

고민하는 시간도 사라진다.

인생을 풍요롭게 하는 비결은 실은 간단하고 즐거운 것이다.

타인의 아픔을 알라

인간관계에서는 상대방의 기분을 살필 줄 알아야 한다.

쉽게 말하자면 다른 사람의 아픔을

아느냐 모르느냐가 중요하다는 뜻이다.

가혹한 밑바닥 생활을 경험한 사람.

지독히 가난한 삶을 살아본 사람.

아수라장을 겪은 사람.

좌절을 딛고 일어선 사람.

그런 사람은 자신의 경험을 통해

인간의 고통, 슬픔, 처절함을 알고 있다.

그렇기에 타인에게 따뜻할 수 있다.

제 7 장

✕

호감의 말

다정함이란?

점원에게 정중하게 대한다.

택시 기사에게 잘난 체하지 않는다.

부하를 얕잡아 보지 않는다.

권력을 행사할 수 있는 입장의 사람이

비교적 약한 입장에 처한 사람을 소중히 대하는 일.

그것이 진정한 다정함이다.

상대방의 입장에서 생각하라

일반적으로 산타클로스는 크리스마스에

눈썰매를 타고 선물을 주러 온다.

하지만 호주에서는 서핑 보드를 탄다.

이처럼 상사의 입장, 부하의 입장, 고객의 입장,

자신이 처한 입장에 따라 시각은 달라진다.

입장이나 각도를 조금 바꾸어도

여러 가지 사실을 다각도로 볼 수 있어 신기하다.

모두 각자의 시각이 있는 법이다.

매력을 발산하는 방법

"저렇게 대단한데 잘난 척을 하지 않다니."

"아무 생각 없어 보이는데

누구도 하지 못한 일을 해내는구나."

"강자의 입장이지만 누구에게나 친절하네."

매력이란 차이에서 느껴지는 법이다.

앞으로 아무리 엄청난 성과를 내더라도

지금처럼 친절한 나로 머물러 있으면 된다.

좋은 인연을 얻는 사람

인연을 갈구하는 사람은

좋은 사람을 만나야 그 사람의 도움으로

쉽게 성공할 수 있다는 착각에 빠진다.

그러나 모름지기 사람은

자기 할 일을 착실히 하고 있는 사람을

도와주고 싶은 법이다.

그렇다면 진정 좋은 인연이란

정당한 노력을 하는 사람에게만 주어지는 선물이 아닐까.

소중한 사람의 소중한 사람을
소중히 여겨라

유명한 사람에게는 굽실거리면서

그 사람의 직원에게는 거만하게 구는 사람.

연인은 소중히 여기면서

그 친구나 가족에게는 차갑게 구는 사람.

소중한 이의 주변 사람을 소중히 여기느냐 아니냐는

모두의 호감을 살 수 있는지를 결정하는 열쇠다.

지금의 인연을 소중히 하라

성공하는 사람은 모두 인연이라는 말을 소중히 여긴다.

잘 알지도 못하는 사람과 관계를 만들기보다

지금 나와 연결된 사람과의 인연을

진심으로 소중히 여기도록 하자.

이들과의 관계를 더욱 공고히 할 수 있는

방법을 의식하며 행동하자.

그러면 가만히 있어도

새로운 인연이 찾아오기 마련이다.

호감보다 중요한 일

다른 사람과 원활하게 소통하려면

무엇이 중요할까.

바로 호감을 사기 전에 일단 미움받지 않는 일이다.

호감을 사는 사람의 말투

호감을 사는 사람은 자신의 실패담을 이야기하고,

미움받는 사람은 자신의 성공담을 이야기한다.

영어보다 먼저
배워야 할 것

세계 공통어, 그것은 영어가 아니라 미소다.

우선 미소 짓는 일부터 마음에 새기도록 하자.

달변가가 되는
가장 빠른 지름길

대화를 잘 이끌어 나갈 수 있는 방법은

껄끄러운 사람과의 대화를 최대한 피하고

대신 말이 잘 통하는 사람과의 시간을 늘리는 일이다.

이것이 가장 빠른 지름길이다.

광대가 될 필요는 없다

사람은 웃음을 주는 사람보다

내 이야기를 듣고 함께 웃어 주는 사람을 좋아한다.

이 사실을 이해한다면

내가 많은 이야기를 하지 않더라도,

말주변이 없더라도,

또는 상대방이 좋아할 만한 이야기를 억지로 하지 않아도

쉽게 호감을 살 수 있다.

수긍하라

수긍이라는 말의 한자에는

목 수首 자에 옳이 여길 긍肯 자를 쓴다.

이처럼 수긍한다라는 말은

고개를 끄덕임으로써

다른 사람의 말에 동의한다는

의사를 표현한다는 뜻이다.

귀를 기울이기

다른 사람의 말을 듣는다.

이는 언뜻 평범한 일일지도 모른다.

하지만 이 행위가 주는 안정감은

상대방에게는 상상 이상의 선물이다.

단 한 사람이어도 좋다.

이번에는 내가 그 안정감을 주는 사람이 되어 보자.

자신의 이야기를 들어주길 바라는 사람이

기다리고 있을 것이다.

"또"를 추구하라

"또 만나고 싶다."

"또 가고 싶다."

"또 듣고 싶다."

만난 사람이 그렇게 생각하게 만드는 힘.

그것이 매력이다.

보석을 쉽게
손에 넣는 방법

사람은 다정한 사람을 좋아하게 되고

그 사람을 위해 행동하려고 한다.

다른 사람을 소중히 여기는 일은 곧

상대방을 자신의 보석로 바꾸는 일과 같다.

사람이 바로 보석이니 말이다.

최고의 인생

만나는 사람마다 늘 무언가를 베푸는 사람은

언제 누구에게 무엇을 베풀었는지 일일이 기억하지 않는다.

그로 인해 누가, 어디에서 보답했는지도 알 수 없다면

가히 최고의 인생이라 할 수 있지 않을까.

매력의 법칙

사람은 내가 원하는 것을 주는 사람에게 모여들고

나에게서 무언가를 빼앗는 사람으로부터는 멀어진다.

이 사람에게서 무엇을 받느냐가 아닌

내가 이 사람에게 무엇을 할 수 있는지를 생각한다면

상대방에게 매력적인 사람으로 느껴질 것이다.

제 8 장

✕

일의 말

일의 본질

일이 계속 존재한다는 것은

항상 고객의 요구가 있다는 뜻이다.

일이란 고객에게 기쁨을 주는 행위다.

즉 당신을 위한 마음이 일의 기본이 된다.

당신을 위한 마음이 축적되어 있다면 돈이 모여들고

결과적으로 나를 위한 일이 되므로 풍요로워진다.

응원을 좋아하는가?

쾌적한 생활을 응원하라.

원활한 이동을 응원하라.

일의 효율화를 응원하라.

맛있는 요리를 통해 화목함을 응원하라.

이 세상의 모든 일은

응원으로 바꿔 말할 수 있다.

비효율을 추구하라

효율은 결코 감동을 낳지 않는다.

비효율적이기에 비로소 인간은 감동하는 법이다.

고객은 자신을 대하는 사람의 마음을 확실히 느낀다.

나 하나를 위해 이런 일까지 해 준다고 느꼈을 때

비로소 감동이 솟아오르는 법이다.

다른 곳에서는 귀찮아하며 하지 않는 일을

열심히 고민하고 행동한다면

그 앞에는 커다란 빛이 기다리고 있을 것이다.

다른 사람의
공으로 돌려라

이 세상에는 끝까지 혼자 해낼 수 있는 일은 없다.

있는 힘껏 도와준 사람에게

당신 덕분이라며

공을 돌리는 일을 잊지 말자.

그러면 더 큰 일도 할 수 있을 것이다.

여러 사람의
지혜를 빌리자

부모나 주변 사람의 힘을 이용할 수 있는 것도

모두 그 사람의 실력이다.

금수저라는 말은 어차피 주변 사람의 질투,

혹은 시샘이다.

그런 것에 신경 쓰지 말고

활용할 수 있는 것은 최대한 활용해

고객을 기쁘게 해 주는

능력 있는 사람이 돼라.

무엇보다는
누구와 할 것인가

무엇을 할까도 중요하지만

그보다는 누구와 하느냐가 더 중요하다.

같은 일을 해도

좋아하는 사람과 하는 일과 싫어하는 사람과 하는 일은

동기부여의 측면이 전혀 다르다.

이처럼 좋아하는 사람, 존경하는 사람,

소중한 사람과 함께 있기만 해도

내 업무 능률은 크게 좋아질 것이다.

아이디어를 내든지,
돈을 내든지

업무에 사비를 쓸 때는

머리를 쓰지 않을 때다.

도전의 의미

막연하게 싫다고 생각했던 일도

막상 해보니 매우 재미있다고 깨닫거나

더 일찍 알았으면 좋았을 거라고

후회하기도 한다.

이처럼 도전은 새로운 나 자신과

만나게 해 주는 매개체가 된다.

가끔은 싫은 일도
할 필요가 있다

천직은 의외로 하고 싶은 일보다

다른 사람이 억지로 시킨 일에서 발견할 때도 있다.

마지못해서 시작했지만

막상 해보니 일이 순조롭게 풀려

깜짝 놀란다.

그러다 보니 그 일에 빠져든다.

이런 식으로 천직을 발견하는 사람이 가장 많다.

먼저 나서는
버릇을 들이자

시키는 일만 하면 평범한 사람에 머무르고 만다.

심지어 시키는 일도 못 한다면 열외로 밀려난다.

이럴 때는 어떻게 하면 좋을까?

스스로 할 일을 찾아서 해결해 나가면 된다.

마지못해서 하든 즐기면서 하든

해야 할 일은 변하지 않는다.

일단 말해보자

지금보다 더 많은 기회를 잡는 방법은 간단하다.

일단 말해보는 버릇을 들이면 된다.

기회가 있다면 일단 손을 들어보자.

원하는 것이 있다면 일단 말해보자.

일의 결과는 실력의 유무보다도

내 생각이나 요구를

다른 사람에게 제대로 전달할 수 있느냐로 갈린다.

시작보다는
끝난 다음을 생각하기

정말로 일을 잘하는 사람은

일을 시작하기 전보다 일이 끝난 다음을 중요하게 여긴다.

이러한 행동 덕분에 일과 관련된 사람들이 느끼는

감동의 크기가 계속 늘어난다.

현재 나와 일을 하는 사람, 그리고 응원해 주는 사람들이

또 다른 일을 연결해 주는 이유가 여기에 있다.

익숙함을 경계하라

함정은 익숙함 속에 숨어 있다.

일에 익숙해졌다고 생각했을 때 이 말을 떠올리자.

우수한 인재와 함께하라

우수한 사람은

모든 것을 혼자 해 내는 천재가 아니다.

주변에 우수한 인재가 많은 사람이다.

리더의 자리

본래 조직의 올바른 형태는

피라미드형이 아닌 역피라미드형이다.

그러므로 진정한 리더란

피라미드의 정점에 있어서는 안 된다.

역피라미드의 가장 아래에서 토대가 되어주어야 한다.

내 탓이 아니다

많은 사람이 그만두어도

그 원인을 만드는 사람이

계속 자리를 차지하고 있는 체제 자체가 가장 큰 문제다.

이는 리더, 즉 경영자 책임이다.

그런 곳에서 끝까지 참을 필요는 없다.

자신이 무너질 때까지
참지 마라

내 마음이 다칠 때까지

일을 할 필요는 없다.

하지만 그만두면 끝장이니 버티자고 생각하며

계속 참는 사람이 적지 않다.

그러나 그런 곳에서 자신을 억누를 바에는

내게 더 잘 맞는 좋은 직장을 찾아야 한다.

이 세상에

회사는 얼마든지 있다는 사실을 기억하라.

제 8 장   일의 말

운을 불러 모으는
이직의 조건

이직하기로 마음먹었다면

사직서는 석 달 뒤에 내자.

그리고 그 석 달 동안은 회사에서

최선을 다해 일을 한 후에 사직서를 내자.

이렇게 하면 앞으로의 인생은 좋은 방향으로

흘러갈 것이다.

창업할 때 유념해야 할 것

수파리守破離 이론에서 생각해 보면

창업할 때 대부분 기본을 철저히 지키기만 해도

어느 정도 성공할 수 있다.

굳이 세상에 없는 것을 만들어내려고

고민할 필요는 없다.

일의 신기함

일이 좋아지는 방법은 간단하다.

우선은 눈앞에 있는 일을 끝까지 해보면 된다.

일이란 참 신기할 따름이다.

어떤 직종이든

진지하게 파고들수록

재미있어지니 말이다.

일이 좋아지지 않는다는 말은 대체로

그 일을 열심히 하지 않는 사람에게서 나온다.

일을 대하는 방법

어떤 일을 하느냐가 아니라

왜 일하는가, 어떻게 일하는가가 더 중요하다.

어떤 일을 할지 고민하지 말고

지금 하는 일을 잘할 수 있는 방법을

고민하는 게 더 이득이다.

동경

어차피 할 일이라면 투덜대지 말고 기분 좋게 일하자.

그러다 보면 이런 말들도 듣게 된다.

"저 사람 참 멋있네."

"나도 열심히 해서 저렇게 되고 싶다."

그렇게 누군가의 동경의 대상이 되는 것이다.

주인의식

내가 어딘가에서 일하는 동안은

나 또한 그 가게의 사장과 다름없다.

누군가에게 고용된 것이 아니라

회사를 상대로 일을 하고 있는 셈이다.

월급 이상의 서비스를 상대방에게 제공할 수 있는 회사나

가게는 반드시 잘 되기 마련이다.

나 또한 이미 사장이란 점을 명심하라.

제 9 장

✕

희망의 말

사소한 행동이
행복을 부른다

좋은 내일을 만드는 일은 간단하다.

아침에 일어나

"오늘은 분명 좋은 하루가 될 거야."라고

소리 내어 말한다.

그리고 잠들기 전에는 하루를 되돌아보며

좋았던 일에 감사한다.

지금까지? 지금부터?

지금까지 해온 방식이 아니라

지금부터 이렇게 하겠다는 사고방식에

초점을 맞추라.

과거의 연장선에서 살기로 결정한 사람의 앞에는

오늘까지의 내가 있을 뿐이다.

찬란한 미래를 목표로 설정한 사람의 앞에는

빛나는 내가 있다.

차이는 그뿐이다.

가장 열심히
도와준 사람에게

일이 서툴러도, 가진 게 없어도

나는 늘 내 편이 되어주자.

그리고 나 자신에게 감사하자.

내가 나를 확실히 인정할 수 있다면

주변 평가에 일희일비하지 않는다.

자기 자신을 더욱 사랑하자.

이 세상에서 나를 위해 가장 애쓰는 사람은

그 누구도 아닌 바로 나 자신이니까.

그릇의 물이 넘쳐야

내 그릇에 행복의 물이 넘쳐야

주변으로 퍼져 나간다.

자신을 소중히 하는 일은 절대로 이기심이 아니다.

자기 자신을 만족시키면 만족시킬수록

주변 사람에게도 다정해질 테니까.

사람의 도리

사람의 도리라고 하면 약간 딱딱하게 느껴지지만

신세 진 사람들에게 의리를 지킨다고 해서

손해 볼 일은 아무것도 없다.

성공하는 사람은 무엇보다도

신세 진 사람에 대한 은혜와 도리를 가장 소중히 여긴다.

감사야말로 성공하는 인생의 열쇠다.

없음보다
있음을 보라

돈도 기회도 그리고 사람도

신기하리만치 늘 감사할 줄 아는 사람에게 모여든다.

없음을 한탄하는 데 마음 쏟지 말고

이미 있는 것에 감사하자.

그러면 신기하게도 원하는 것이 다가온다.

뿌리를 소중히 여기자

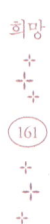
인연이라는 말은 세로축으로 되어 있다.

그것은 선조, 선인, 선배 등과 같은

과거를 산 사람들과의 관계의 축이다.

이들을 소중히 여기는 일은

나라는 나무의 뿌리에 물을 주는 일과 같다.

지금 함께하는 이들과 서 있는 가로축뿐 아니라

세로로 연결된 인연을 소중히 하는 사람이 성공한다.

언젠가 올
행복을 위해서

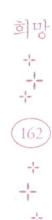

묵묵히 나아가 이윽고 진정한 행복에 이르렀을 때

과거의 고통이 있었기에 지금의 내가 있다고

감사할 수 있는 날이 반드시 온다.

도망치고 싶다고 생각하는 지금의 그 고통은

언젠가 눈부신 과거의 초석으로 반드시 바뀐다.

연꽃은 진흙 속에서 피어나듯

지금 내가 겪고 있는 고통은

진정한 행복에 이르기 위한 것이다.

감사가 완성되는 순간

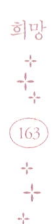
감사는 상대방이 베푼 은혜에 대해

보답했을 때 비로소 성립하는 말이다.

감사함과 함께 은혜에 보답하겠다는 마음을

늘 가슴에 새기자.

그러면 인생은 분명 좋은 방향으로 흘러가게 될 것이다.

나라는 시간

인생은 태어난 이후로 점점 죽음에 가까워지는

성가신 성질을 지닌다.

심지어, 이 마지막이 오는 때를 알 수 없기에

더욱 성가시다.

언젠가 반드시 찾아올 그 마지막을 위해

웃으며 살아갈 것인가, 고뇌하며 살아갈 것인가.

그것은 내 생각 하나에 달려 있다.

누구에게나 딱 한 번뿐인 나라는 시간을

어떻게 살아야 할까.

만약 지금이
마지막이라면?

서로 꿈에 대해 이야기하던 동료와 헤어지기도 하고

소중한 사람과 사별하기도 한다.

우리는 다양한 헤어짐을 경험하면 할수록

만남 뒤에는 이별이 있다는 사실을 깨달으며

조금씩 어른이 되어간다.

지금 내 눈앞에 있는 사람과도

언젠가 반드시 이별하는 순간이 온다.

만약 지금이 마지막 순간이라면

어떻게 행동해야 할지 다시 생각해 보아야 할 것이다.

고마워하라

인간이 가장 감사할 수 있는 순간.

그것은 이별할 때다.

죽음, 사랑하는 사람과의 이별, 졸업.

헤어질 때 "지금까지 고마웠어."라는

감사의 말을 덧붙이자.

사람, 사물과 상관없이

이별을 맞이할 때는 감사하는 마음을 잊지 말자.

고마움을 전할 수 있을 때 비로소

새로운 길이 열리게 된다.

내가 행복해야

내가 기분이 좋아야 가족도 행복하게 지낼 수 있다.

내가 웃어야 회사 사람들이 안심한다.

내가 행복해야 주변 사람들도 행복해진다.

불을 밝혀라

행복한 사람의 인생은

불을 밝히는 일과 같다.

내가 가진 불로 주변 사람의 초를 밝히면

나를 중심으로 빛이 점점 퍼져 나간다.

만약 내 촛불이 꺼지려 할 때는

주변 사람이 다시 불을 붙여 준다.

주변에 사랑을 베풀면

내 주위에도 사랑이 넘치는 법이다.

어머니의 가르침

"이 세상에는 정말로 신이 있단다."

"만난 적이 없는데 어떻게 알아?"

"아니야, 분명히 있어. 그건 말이야, '덕분'이라는 신이야.

네가 입고 있는 옷, 신고 있는 신발,

모두 '덕분'이 만들어 줬단다.

그러니 '덕분'의 존재를 잊으면 안 돼.

그리고 언젠가는 너 또한 누군가의 '덕분'이 되어주렴.

모두가 반가워하는 사람이 되어야 한단다."

만약 지금 살아 계시다면

어머니에게 전하고 싶은 말이 있다.

내게 신의 존재를 알려줘서 고맙습니다.

그리고 나를 낳아줘서 고맙습니다.

당신을 만나 다행이다

사람은 기쁨이나 감동을 주는 사람과

이러한 것들을 받는 사람으로 나뉜다.

부디 "당신을 만나서 정말 다행이야."라는

말을 듣는 삶이 되기를.

행복하기를

지금부터는 누군가를 대할 때

그 사람의 행복을 바라면서 대하라.

그러면 신기하게도 그 마음이 상대방에게 전해진다.

당신이 내일도 행복하기를.

맺음말

끝까지 읽어 주서서 감사합니다. 글을 쓰다 보니 말이란 선물이라는 생각이 더욱 강해졌습니다. 지금까지 제 인생은 실패와 좌절의 연속이었습니다. 그럴 때마다 선배가 건네준 한마디의 말, 책 속에서 발견한 한 줄의 글이 나를 지탱해 준 덕분에 지금 제가 있습니다. 말의 힘으로 견뎌온 덕분에 지금 이렇게 여러분께 말을 건넬 수 있게 되었습니다.

말은 과거에서 미래로, 선배에게서 후배로, 그리고 부모에게서 아이로 이어지며 사람이 사람에게 전하는 선물입니다. 만약 이 책 속에서 여러분의 마음에 와닿는 말이 있었다면 이제는 여러분이 그 말을 선물하는 사람이 되기를 바랍니다.

가령 눈앞에 고민하는 사람이 나타났을 때나 다른 사람을 격려해야 할 때, 다른 사람에게 무언가를 선물하려 할 때 이 책 안에 있는 말을 전하거나, 또는 이 책을 직접 선물해도 좋

✕ ✕ ✕ ✕

✕ ✕ ✕ ✕

을 것입니다. 어떤 형태로든 이 책이 말의 연대, 그 뿌리가 되다면 저자로서 더할 나위 없이 기쁠 따름입니다.

이 자리를 빌려서 이 책의 출간에 도움을 주신 출판사 관계자분들께 진심으로 감사드립니다. 그리고 이 책을 선택해 주신 여러분께도 진심으로 감사와 축복을 보냅니다.

당신의 내일이 맑기를
나가마쓰 시게히사

✕ ✕ ✕ ✕

KOKORO NI HIBIKU KOTOBA

내 편이 되어 주는 말
오늘도 버티는 당신에게 위로가 되는 말들

초판인쇄 2025년 9월 30일
초판발행 2025년 9월 30일

지은이 나가마쓰 시게히사
옮긴이 박제이
발행인 채종준

출판총괄 박능원
국제업무 채보라
책임편집 문서영
디자인 공진혁
마케팅 문선영
전자책 정담자리

브랜드 크루
주소 경기도 파주시 회동길 230 (문발동)
투고문의 ksibook1@kstudy.com

발행처 한국학술정보(주)
출판신고 2003년 9월 25일 제406-2003-000012호
인쇄 북토리

ISBN 979-11-7457-102-1 03830

크루는 한국학술정보(주)의 자기계발, 취미 등 실용도서 출판 브랜드입니다.
크고 넓은 세상의 이로운 정보를 모아 독자와 나눈다는 의미를 담았습니다.
오늘보다 내일 한 발짝 더 나아갈 수 있도록, 삶의 원동력이 되는 책을 만들고자 합니다.